Les Tableaux secrets

Pour Monique et sa bande de petits lionceaux de la 2ᵉ année A.

Les Éditions du Boréal reconnaissent l'aide financière
du gouvernement du Canada par l'entremise du Programme
d'aide au développement de l'industrie de l'édition (PADIÉ)
pour ses activités d'édition et remercient le Conseil des Arts
du Canada pour son soutien financier.

Les Éditions du Boréal sont inscrites au Programme d'aide
aux entreprises du livre et de l'édition spécialisée de la SODEC
et bénéficient du Programme de crédit d'impôt
pour l'édition de livres du gouvernement du Québec.

© Les Éditions du Boréal 2006
Dépôt légal : 4ᵉ trimestre 2006
Bibliothèque et Archives nationales du Québec

Diffusion au Canada : Dimedia
Diffusion et distribution en Europe : Volumen

Catalogage avant publication de Bibliothèque et Archives Canada
   Merola, Caroline
   Les Tableaux secrets
   (Boréal Maboul)
   (Le Monde de Margot ; 12)
   Pour enfants de 6 ans et plus.
   ISBN-13 : 978-2-7646-0480-9
   ISBN-10 : 2-7646-0480-7
   I. Titre. II. Collection. III. Merola, Caroline. Monde de Margot ;
12.

PS8576.E735T32   2006   jC843'.54   C2006-941429-7
PS9576.E735T32   2006

Les Tableaux secrets

texte et illustrations
de Caroline Merola

Boréal Maboul

1

Myriam la chipie

Ce matin, la classe de Margot est réunie devant l'école. On dirait un petit troupeau de lionceaux surexcités, fraîchement sortis de leur cage.

Tous les enfants attendent l'autobus spécial qui les mènera au centre-ville.

Sylvie, leur professeur, a organisé une visite au Musée des beaux-arts.

Le musée n'est pas la plage ou le parc d'attractions, mais Sylvie leur a promis une journée épatante.

Pour cette sortie, Margot étrenne une veste

neuve très élégante. Une veste assez voyante, décorée de peluche rouge aux poignets et au col. Jamais Margot n'a été aussi à la mode !

Ses amies, Florence et Audrey, lui font des compliments.

Myriam Hétu, elle, voit là une belle occasion d'exercer ses talents de chipie.

Myriam est la peste de la classe. L'un de ses grands bonheurs dans la vie, c'est de mettre les autres élèves en colère. Garçons ou filles, elle n'est pas regardante.

Mais, avec Margot, c'est toujours plus amusant. Un mot, et Margot rougit, s'enflamme. Comme si on allumait la mèche d'un pétard !

Myriam s'approche, sourire en coin, l'air malicieux.

— Tu es chic, Margot ! dit-elle.

Elle tâte du bout des doigts la fourrure syn-
thétique.

— Hum ! C'est bien ce que je pensais : du
pur poil de rat. Tu aimes le luxe, dis donc !

Oh ! Margot est si offensée qu'elle sent les
larmes lui monter aux yeux.

— Ce n'est pas du poil de rat ! C'est du… du koala ! Tu n'es qu'une jalouse, Myriam !

Myriam Hétu se sauve en riant.

Margot sait bien que Myriam a agi par mesquinerie. Mais le mal est fait. Maintenant, elle se sent moins jolie.

Pourtant, le pire reste à venir…

Dans l'autobus, Margot partage sa banquette avec la douce Florence.

Le hasard a fait que Myriam se retrouve sur la banquette voisine. Margot tente de l'ignorer.

— Tu sais, Flo, dit-elle à sa bonne amie, quand j'étais petite je prononçais « Musée des beaux-arbres ». Je croyais que le musée était au milieu d'une forêt.

— Et moi, je pensais que le propriétaire du musée dormait au dernier étage, raconte Florence, et que c'était pour cette raison qu'on ne devait pas courir dans les salles ni crier.

— On avait de drôles d'idées, quand on était petites, observe Margot.

Au bout d'un moment, Margot sort de l'une de ses poches un sac contenant plusieurs biscuits. C'est sa collation favorite. Des biscuits succulents que sa mère lui a préparés.

Elle ne voit pas Myriam qui la guette, l'œil sournois.

Margot sort du sac un des bons biscuits et s'apprête à l'offrir à Florence. Aussitôt, Myriam s'en empare et y passe un grand coup de langue.

Puis elle remet le biscuit à Margot, la moue dédaigneuse.

— Tiens, reprends-le. Ce n'est pas la sorte que j'aime.

La pauvre Margot reste bouche bée, le biscuit dans la main.

La méchanceté de Myriam n'a donc aucune limite ?

2
Mystère au musée

La visite au musée se révèle passionnante. Sylvie fait découvrir à ses élèves de vastes salles remplies de sculptures de toutes les couleurs. Certaines sont très fantaisistes, fabriquées avec des objets inusités ; un guidon de bicyclette, un vieux poste de radio, même des jouets !

D'autres sont immenses et donnent aux enfants des envies d'escalade.

Sylvie doit réprimer à grand-peine les élans de Pierre-Martin et de Bilal. Ils sont en train de grimper sur l'une des sculptures géantes.

— On a enlevé nos souliers, plaide Bilal.

— On salit rien ! On peut ôter nos bas, si tu veux, renchérit Pierre-Martin.

— Là n'est pas la question, descendez tout de suite ! Ou nous allons nous faire expulser !

Margot ne peut s'empêcher de rire.

Dans le désordre qui s'installe, elle sent quelqu'un lui tirer le bras.

C'est Myriam ! Ses yeux brillent de malice. Elle souffle à l'oreille de Margot :

— Viens, j'ai découvert quelque chose !

Margot la rabroue :

— Lâche-moi, je ne veux pas le savoir.

— Dommage ! Je ne te montrerai pas la petite pièce mystérieuse. D'autant plus que… j'ai cru voir un genre de trésor !

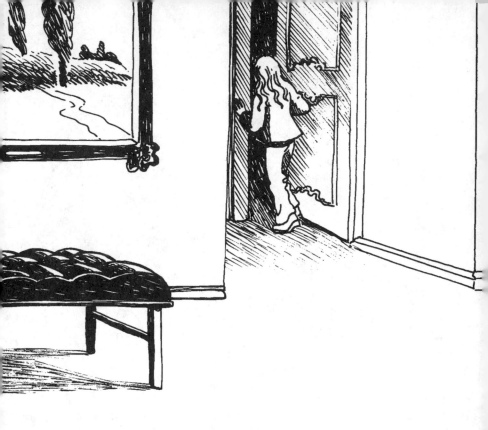

— Pfff ! Tu mens.

— Tant pis ! À plus tard !

Margot ne peut s'empêcher de suivre des yeux cette chipie de Myriam.

Bien sûr, ça sent le piège à plein nez. Mais

Margot est si curieuse! Après tout, qu'est-ce que ça coûte d'aller voir?

Myriam se rend dans la salle voisine et s'engage dans un petit couloir.

Elle pousse une lourde porte en chêne et passe de l'autre côté. Quelle audace!

C'est plus fort qu'elle. Margot s'approche à son tour de la porte et l'ouvre.

On ne voit rien, c'est trop sombre. Où est passée Myriam ?

— Myriam ! appelle Margot tout bas. Où es-tu ?

Margot fait quelques pas prudents à l'inté-

rieur. Elle prend garde de laisser la porte en-
trouverte derrière elle.

Soudain, elle se fait pousser et tombe sur le
derrière.

Dans la pénombre, elle reconnaît Myriam.

— Ha ! Ha ! Ha ! Je savais que tu me sui-
vrais comme un petit chien ! T'es vraiment
nulle, Margot !

Vite ! Margot tente de se relever avant que cette peste ne s'enfuie. Trop tard ! Myriam la devance, s'échappe et tire la porte derrière elle.

Margot, dans le noir complet, entend le bruit sourd d'un verrou qu'on pousse.

Myriam la terrible aurait-elle osé l'enfermer ?

3

Un très étrange spécialiste

À tâtons, Margot cherche la poignée et tente de rouvrir la porte.

Malheur ! Myriam l'a bel et bien emprisonnée ! La pauvre se met à frapper à grands coups de poing et de pied.

— Au secours ! À l'aide !

La porte est si épaisse, si lourde, qu'aucun bruit ne la franchit. C'est à peine si, de l'autre côté, on perçoit un faible écho.

Margot se rend compte assez vite que ses coups et ses appels sont inutiles. Elle essuie ses larmes du revers de la main et s'efforce de regarder autour d'elle. Ses yeux s'habituent lentement à l'obscurité. Elle comprend qu'elle se trouve dans un long corridor. Loin devant, il semble y avoir de la lumière.

Elle avance à petits pas.

Le corridor tourne à droite et s'ouvre sur une très grande pièce, faiblement éclairée. Du plancher jusqu'au plafond, les murs sont tapissés de tableaux.

Au milieu de la pièce, assis à une table de travail et tournant le dos à Margot, un homme est occupé à écrire. Il porte un drôle de chapeau à longues pointes. Margot n'ose pas le déranger. Il doit être très concentré s'il ne l'a pas entendue s'égosiller, tout à l'heure. Pourtant, quelqu'un doit à tout prix l'aider à sortir de là.

S'armant de tout son courage, Margot s'approche. Elle lui tape doucement l'épaule du bout du doigt.

Le bonhomme se retourne en sursautant.

Mon Dieu !

Margot manque de s'évanouir ! Ce qu'elle avait pris pour les pointes d'un chapeau sont en fait de grandes oreilles. Ce n'est pas un monsieur, c'est un lapin géant !

Il fixe Margot de ses yeux ronds, l'air complètement déconcerté.

— Mais ! ? Par les poils de mes bajoues ! Qui êtes-vous, mademoiselle ?

Margot arrive à peine à articuler quelques mots :

— Excusez-moi de vous déranger… Myriam me… m'a enfermée et…

Le grand lapin lève une main.

— Permettez-moi de vous interrompre. Je suis un peu dur de cette oreille. Parlez plus fort.

En montant le son et en articulant du mieux qu'elle peut, Margot explique la situation.

Le lapin l'écoute en hochant la tête.

— Je vois, je vois… En fait, je ne vois pas très bien non plus, je suis très myope, dit le lapin en ajustant ses petites lunettes rondes. Le problème est que je ne puis vous être d'un grand secours, étant moi-même en danger. Regardez, je rédigeais mon testament.

Un fouillis de brouillons jonchent la table.

— Pourquoi ? s'inquiète Margot. Êtes-vous malade ?

— Pas du tout, mais j'ai laissé s'échapper le dangereux Kalbo. Et, comme je n'ai presque plus rien à lui offrir à manger, j'estime que je serai bientôt son dîner.

Margot ne comprend pas grand-chose à son histoire.

— Qui est Kalbo ? demande-t-elle.

— Un énorme crocodile. Il s'est enfui du tableau, là-bas. Vous voyez le joli paysage exotique ? J'ai tenté de l'y faire revenir, mais c'est un vieux filou. Il attend que je m'endorme pour me croquer. La dernière fois que je me suis assoupi, je l'ai senti me lécher la patte. Peut-être voulait-il goûter…

Margot hausse les sourcils.

— Voyons, monsieur, personne ne s'échappe d'un tableau !

— La plupart du temps, non, heureusement. Mais j'hérite ici de toutes les œuvres *équivoques*.

Le lapin se lève et désigne quelques tableaux.

— Ce paysage, par exemple, qui change au gré des saisons, ou ce portrait qui s'impa-

tiente. Ou, pire, les tableaux qui, un jour ou l'autre, présentent un certain danger pour le public. Comme lorsqu'un crocodile menace de s'en échapper. Je fais le métier rare et peu reconnu de restaurateur réaliste. Mon travail consiste à redonner à ces œuvres leur splendeur d'antan en effaçant toute trace d'indiscipline.

Le grand lapin doit être fou. Margot ne désire pas s'attarder dans cet endroit étrange. Les tableaux sont faits pour être regardés, par pour être visités !

— Monsieur, j'aurais aimé vous aider, mais je dois vraiment m'en aller. Ma classe me cherche sûrement.

— Ne m'avez-vous pas dit, mademoiselle, que votre amie avait verrouillé la porte ?

— Oui. En passant, ce n'est pas mon amie.

— Alors, je ne vois pas d'autre solution. Cette porte est la seule issue. Vous devrez…

Le lapin ne termine pas sa phrase. Il fixe avec horreur quelque chose derrière Margot. Doucement, il pose une patte sur l'épaule de la petite.

— Maintenant, mademoiselle, suivez-moi lentement, très lentement, sans vous énerver. C'est notre unique chance de survie.

Le monstre a du goût

Margot jette un coup d'œil apeuré par-dessus son épaule.

Un énorme crocodile se tient à moins d'un mètre derrière elle. Quelle horrible bête ! Sa cuirasse luisante et verdâtre monte et descend au gré de sa respiration.

Il tourne lentement la tête de gauche à droite, comme s'il flairait quelque chose.

— Donnez-moi la main, mademoiselle, chuchote le lapin. Nous avons peut-être le temps de rejoindre ma cachette. Vous allez voir, les tableaux sont parfois très utiles…

Margot et son ami contournent prudemment la table. Ensuite, le lapin monte sur un banc posé devant un grand tableau aux couleurs voyantes.

— Laissez-moi passer d'abord, dit-il. Je vous aiderai ensuite.

Elle le voit alors, balourd et maladroit, se hisser sur le bord du cadre et passer de l'autre côté du tableau ! Aussi simplement que s'il était entré par la fenêtre !

Il se redresse et, de l'intérieur, fait signe à Margot.

— Ne craignez rien, mademoiselle. Ce n'est qu'un petit paysage naïf, tout ce qu'il y a de plus inoffensif.

Margot ne veut pas entrer dans le tableau. Quand le lapin est passé de l'autre côté, il est

devenu tout différent, comme si un artiste malhabile l'avait dessiné. Une de ses oreilles pendouille et sa figure est un peu de travers.

Non, Margot n'entrera jamais dans ce tableau bizarre. Elle ne veut pas être transformée en gribouillis !

Debout sur le banc, elle reste immobile. Peut-être le crocodile passera-t-il sans la voir. Mais le monstre a levé les yeux et son regard croise celui de Margot. La pauvre petite est

traversée d'un grand frisson. Lentement, Kalbo s'approche, fixant toujours Margot de ses yeux effrayants. Il heurte de sa queue tous les meubles qui se trouvent sur son passage. Tout en s'avançant, il ouvre et referme la gueule. Margot est complètement paralysée par la peur.

Va-t-elle se faire dévorer ? Kalbo commence à donner des coups de tête sur les pieds du banc.

Le grand lapin agrippe Margot par le bras et crie :

— Montez, malheureuse ! Qu'attendez-vous ?

Soudain, on entend un grand CRAC !
Kalbo a réussi à briser l'un des pieds de bois.
Le banc s'effondre !

Par miracle, le lapin a retenu Margot. Il la tire vers lui et la fait passer de son côté.

Aussitôt, Margot se sent toute ramollie. Il fait très chaud dans ce tableau.

Elle se redresse, mais les jaunes acides et les orangés vibrants l'étourdissent. Quelle impression étrange !

Margot s'inquiète ; a-t-elle changé, elle aussi ? Elle voudrait bien se voir.

Alors qu'elle examine ses pieds et ses mains, le grand lapin murmure du bout des lèvres :

— Tâchez de ne pas tant gigoter, mademoiselle. Peut-être Kalbo finira-t-il par se décourager… Quand je pense que c'est l'odeur de mes biscuits qui l'a fait sortir de son tableau, hier. Si j'avais su que cette brute aimait tant les biscuits…

— Vous parlez du crocodile ? chuchote Margot. Kalbo aime les biscuits ?

— Il faut croire que oui. Il a mangé presque tout mon paquet. Je n'ai réussi à en garder qu'un seul.

Margot songe à sa collation qui l'attend au fond de sa poche.

Il lui vient alors une idée. Si le crocodile aime les biscuits, il va raffoler de ceux que sa maman a cuisinés.

Est-ce raisonnable, par contre, de partager de si bons biscuits avec un crocodile puant ? Margot se dit qu'après tout leur vie vaut bien ce sacrifice.

Elle plonge la main dans sa poche et lance un des biscuits à l'autre bout de la pièce.

Aussitôt, Kalbo fait demi-tour, passe sous la table et déniche la délicieuse petite chose sucrée. Margot espère que cette distraction éloignera le crocodile pendant un bon moment.

D'un seul coup de langue, celui-ci happe le biscuit et l'enfourne tout rond dans sa gueule.

Il retourne aussitôt vers le tableau, une lueur nouvelle dans les yeux.

— Mon Dieu, chuchote Margot. Ça ne lui a même pas pris une minute !

Le crocodile fait alors quelque chose d'ex-traordinaire.

Se dressant sur ses pattes de derrière et s'ap-puyant sur sa queue, Kalbo fait le beau !

5

Kalbo l'explorateur

Margot n'en croit pas ses yeux ! Ni ses oreilles d'ailleurs, car le crocodile se met à parler d'une voix rocailleuse, sans méchanceté :

— Je ne sais pas qui tu es, petite, mais tu viens de me faire découvrir une chose merveilleuse ! En aurais-tu d'autres, par hasard ?

Margot prend un ton dégagé, mais sa voix tremblote.

— J'en ai beaucoup d'autres, Kalbo. Mais pourquoi je te les donnerais ?

— Eh bien, parce que… parce que…

Kalbo cherche désespérément une réponse convaincante. Son regard s'illumine soudain :

— Parce que je connais le moyen de sortir d'ici ! Et j'ai cru comprendre que c'était ton désir.

— C'est vrai ?

— Évidemment que c'est vrai ! Suis-moi.

Le grand lapin s'interpose :

— Un instant, mademoiselle. Qui nous dit que, une fois que nous serons sortis d'ici, cet énergumène ne va pas nous croquer tout rond ?

Kalbo répond du tac au tac :

— Parce que votre goût n'est pas bon, vieux grognon. J'aime les choses fines et sucrées, les biscuits, les bonbons. Pas les petites frisées ou les gros mastocs en pantalon comme toi !

— Dites donc, je ne vous permets
pas de me tutoyer, mastoc
vous-même ! proteste le lapin.

Margot se retient pour ne pas
pouffer de rire. Elle trouve le crocodile
presque sympathique. Et, vraiment,
elle commence a en avoir assez
de rester dans le tableau.
Il y fait très chaud et ça sent
un peu le moisi.

— Moi, je suis prête à lui faire confiance, dit-elle. Si tu m'aides, Kalbo, je te donne tous les biscuits qu'il me reste.

Kalbo frémit de joie.

— Miam ! Ne traînons pas, alors. Je vais te montrer. J'ai découvert une issue en explorant les alentours.

Margot descend de son refuge et suit le crocodile à travers les meubles et les tableaux entassés.

— Tu sais, petite, confie le crocodile, j'ai beaucoup voyagé. Je parle cinq langues. Ce gros bêta de lapin croit que je me suis échappé hier. Mais, en réalité, ça fait des mois que je me promène d'un tableau à l'autre, découvrant des mondes toujours plus merveilleux. Il ne sait pas ce qu'il perd à poireauter ici !

Le grand lapin se défend :

— Mais… mais, je ne peux pas quitter mon travail ! Mon travail est très important !

Margot trouve le lapin bien sérieux. Elle risque :

— Quelques jours de vacances ne vous feraient pas de mal, monsieur.

Kalbo ajoute :

— Tu sais, c'est plus amusant de voyager à deux. Regarde là-bas, il y a ce grand paysage flamand que je n'ai pas encore visité. Ou ce magnifique coin de campagne italienne. Tu pourrais m'y accompagner.

Le lapin est surpris. Et content ; jamais on ne l'a invité, auparavant.

L'aventure le tente.

— J'avoue que… Oui, pourquoi pas ! répond-il, souriant.

Kalbo s'est arrêté devant une petite trappe carrée, au bas du mur.

— Voilà, c'est ici, dit-il. Ce que j'avais d'abord pris pour un tableau moderne est en fait l'entrée d'un passage. Une trappe pour l'aération, je crois, qui semble mener à une pièce voisine. Laquelle ? Je ne sais pas. Ce genre d'exploration ne me dit rien. Je préfère les grands dépaysements. C'est à toi d'y voir.

— En tout cas, fait Margot, j'aperçois

la lumière au bout. Merci, Kalbo ! Et au revoir, monsieur lapin !

— Au revoir, mademoiselle, lance le grand animal en souriant. Et bonne chance !

— Mais…, réclame Kalbo. Ta promesse, petite ?

Pendant un instant, Margot a oublié les biscuits.

— Oui, c'est vrai. Excuse-moi !

Elle sort le sac de sa poche et l'apporte au crocodile.

— Tiens, je te l'ouvre. Tâche tout de même de ne pas les manger d'un seul coup ! C'est ma mère qui les a faits.

— Oh ! merci, merci ! Qu'est-ce que ça sent bon ! Tu en veux un, vieux ? propose-t-il au lapin.

— C'est gentil, Kalbo. D'accord !

Le lapin se tourne tout à coup vers Margot :

— Attendez, mademoiselle ! Je ne puis vous laisser repartir les mains vides. Prenez au moins ceci.

Il farfouille parmi les papiers éparpillés sur sa table et tend à Margot une espèce de petite galette d'un vert douteux.

— Il est encore tout frais, je l'ai déballé hier. Mon dernier biscuit à l'oignon et au brocoli ; il colle à la langue et fond dans la bouche. C'est exquis !

Margot ravale une grimace.

— Merci, c'est… c'est vraiment trop aimable !

Un biscuit spécial

Avant de s'engager dans le tunnel, Margot jette un dernier coup d'œil au crocodile et au lapin géant. Ils discutent ensemble de projets de voyage. Quelle drôle de paire ils font tous les deux !

Margot commence à avoir un grand creux. L'heure du dîner doit approcher. À quatre pattes dans l'étroit passage, elle se dirige vers la sortie. Des odeurs de cuisine et de petits plats réchauffés lui parviennent aux narines. Arrivée au bout, elle distingue des jambes et des souliers d'enfants.

Elle comprend alors que le tunnel débouche sous l'une des tables de la cafétéria du musée. Tous les élèves de sa classe sont en train de manger. Elle se glisse discrètement entre les banquettes et s'assoit comme si de rien n'était, entre deux fillettes.

Myriam Hétu, installée juste en face, s'est dressée comme un ressort. Mais elle se ressaisit aussitôt.

— Sylvie ! Sylvie ! clame-t-elle, Margot est revenue !

Puis, en se donnant de grands yeux innocents, elle dit :

— Mon Dieu, Margot, où étais-tu ? Nous t'avons cherchée partout ! On était très inquiets !

Margot n'éprouve même pas le besoin de se fâcher. Après tout, elle s'est bien amusée avec le crocodile et le lapin. Elle répond tout simplement :

— Tu avais raison, Myriam, il y avait réellement une pièce mystérieuse, remplie de trésors. Enfin, des tableaux magiques. Dommage que tu n'aies pas été là !

— Comme tu es drôle, Margot. Regarde, je ris : Ha ! Ha ! Ha !

— Je te jure, Myriam ! Même qu'un lapin géant m'a donné un biscuit.

Sans arrière-pensée, Margot sort le biscuit de sa poche et le montre à Myriam.

— Oui, tu parles ! fait la peste. C'est encore un des biscuits de ta petite maman.

Ensuite, sans demander de permission, elle arrache le biscuit de la main de Margot et prend une grosse bouchée.

— Pouah ! Mais c'est dégoûtant ! Misère, qu'est-ce que c'est que cette horreur ? Le goût me reste dans la bouche !

Ses yeux s'embuent de larmes. Ce doit être réellement affreux. Cette fois, Margot ne peut retenir une remarque narquoise :

— Pourtant, Myriam, c'est un biscuit à la chipie, euh, pardon, à l'oignon et au brocoli. Avec son goût piquant, j'étais sûre que c'était ta « sorte ».

C'est quoi, Maboul ?

Quand tu commences à lire, c'est parfois difficile.

Avec **Boréal Maboul,** ça devient facile.

- Tu choisis les séries qui te plaisent.

- Tu retrouves tes héros favoris.

- Les histoires sont captivantes.

- Les chapitres sont courts.

- Les mots et les phrases sont simples.

- Les illustrations t'aident à bien comprendre l'histoire.

Les Éditions du Boréal
4447, rue Saint-Denis
Montréal (Québec) H2J 2L2
www.editionsboreal.qc.ca

MISE EN PAGES ET TYPOGRAPHIE :
LES ÉDITIONS DU BORÉAL

ACHEVÉ D'IMPRIMER EN OCTOBRE 2006
SUR LES PRESSES DE L'IMPRIMERIE GAUVIN
À GATINEAU (QUÉBEC).